그 바다에 가면

박경순 시인은 인천에서 출생하여 인하대학교 대학원에서 행정학박사 학위를 받았다. 1991년 ≪詩와 意識≫으로 등단하여 ≪한국수필≫ 신인상, 인천예총 예술상, 제24회 인천문학상, 2017 여성1호상, 제27회 전국성인시낭송대회 최우수상을 수상했다. 시집으로『새는 앉아 또 하나의 詩를 쓰고』, 『이제 창문 내는 일만 남았다』, 『바다에 남겨놓은 것들』이 있다. 울진해양경찰서장을 지냈으며 현재 중부지방해양경찰청에 재직 중이다.

e-mail : pks1112@hanmail.net

리토피아포에지·93
그 바다에 가면

인쇄 2019. 9. 23 발행 2019. 9. 28
지은이 박경순 펴낸이 정기옥
펴낸곳 리토피아
출판등록 2006. 6. 15. 제2006-12호
주소 22162 인천 남구 경인로 77(숭의3동 120-1)
전화 032-883-5356 전송032-891-5356
홈페이지 www.litopia21.com 전자우편 litopia@hanmail.net

ISBN-978-89-6412-120-7 03810

값 10,000원

이 도서의 국립중앙도서관 출판예정도서목록(CIP)은 서지정보유통지원시스템 홈페이지(http://seoji.nl.go.kr)와 국가자료종합목록 구축시스템(http://kolis-net.nl.go.kr)에서 이용하실 수 있습니다. (CIP제어번호 : CIP2019036614)

* 이 책은 2019년 인천문화재단 창작지원금을 지원받아 제작되었습니다.

박경순 시집

그 바다에 가면

LITERATURE & UTOPIA

시인의 말

후포를 떠나던 날
아침 바다를
잊을 수가 없다.
재두루미와
갯메꽃과
아침 노을,
그 바다에 가면
나는
비로소
자유로워진다.

그 바다에 다시 가고 싶다.

2019년 가을
박경순

차례

제1부 **9월, 후포 밤바다에서 가을을 만나다**

후포리 저녁   13

9월, 후포 밤바다에서 가을을 만나다   14

후포 가을   16

후포에, 겨울이 오면   18

후포 아침   20

기다림은 행복하다   22

후포 5일장   24

후포의 봄   26

후포 바다 J씨를 그리다   28

사람들은 각자 반환점을 가지고 산다   30

축산 바다   32

5월 후포에서   34

삼협 마을, 복사꽃에 반하다   36

영일만에서   38

불영사 가을   40

창포 바다에서 보내는 봄편지   42

오징어   44

제2부 태안 연가戀歌

태안 연가戀歌·1—의항 가는 길　47

태안 연가戀歌·2—연포 바다에서　48

태안 연가戀歌·3—꽃지 할미할아비 바위　50

태안 연가戀歌·4—신두리　52

태안 연가戀歌·5—삼봉　54

태안 연가戀歌·6—몽산포　55

태안 연가戀歌·7—만리포 우체국에서　56

태안 연가戀歌·8—백리포　58

그저 나만 생각했구나　59

학암포 연기戀歌　60

이제는 모두 떠나보내야 할 때　62

식목　64

부고訃告·2　66

우간다 잭플루트 열매처럼　68

갈매기에 대한 오해　69

하루살이를 위한 변명　70

제3부 **국수**

코르크 나무   73

국수   74

파리   76

김밥 두 줄   77

초보 수영   78

해돋이 공원에서   80

이사   82

영월 가는 길   84

전철역에서   86

연못   87

아카시아 꽃   88

시외버스   89

삼척 영은사 배롱나무   90

꿈   92

검버섯   94

배꼽산·9   96

유모차   97

소설小雪   98

제4부 그 바다에 가면

묵호 등대에서   103
그 바다에 가면   104
오은영 마술사   106
7월의 다짐   108
여기 남은 우리들은   110
화옹방조제   113
해양경찰 충혼가   114
은사시 나무   116
초곡의 등불, 영원하리라   118
아, 그리운 이에게   120
어떤 가시   122
가을   123
전단지   124
고구마를 키우며   125
평택항에서   126

해설/백인덕 충일充溢의 시적 의미   127
  —박경순 시의 지향과 관련하여

| 제1부 |

9월, 후포 밤바다에서 가을을 만나다

후포리 저녁

어둠이 먼저
바다에 떨어졌다

산등성이에는
아직도 미련이 남아있는
노을이
그대 사랑처럼
걸려 있는데

저녁 밥 짓는
연기
밥 먹으라고 부르는
엄마 목소리
다시 듣고 싶은
후포리 저녁

9월, 후포 밤바다에서 가을을 만나다

가을은 소리로 다가왔다

밤새 잠들지 못하고
그리움을 울컥 울컥
토해내는 후포바다는
여전히 여름을 내려놓지
못하고 있었다

소나무 숲과
길을 잃은 검은 개 한 마리와
발자국을 남기며
걸어가는 갈매기와
노을을 잊은 후포바다는
등기산 아침을
기다리고 있었다

바다 너머

고기를 잡으러 간
내 아버지와
내 아버지의 아버지는
대게 몇 마리 가슴에 품고
오실런지
녹등, 홍등 등대는
걱정스레 반짝거리고

집을 너무 멀리 떠나온
사람들은
9월, 후포바다에서
먼저 온 가을과 함께
나와,
나를 떠나간 사람과
보랏빛 여름 햇살을
그리고 있다

후포 가을

후포의 길목에
그물을 놓는다

가을이 한 뭉텅이
걸린다

제 역할을 다한
화살나무 잎이 소리를 내며
떨어진다

그 소리에
겨울이 일어난다

소리를 내는 것과
소리를 낼 수 없는 것들이
우우 일어난다

〉

산 너머
노을은
서둘러 별들을 부르고

그림자 길게 서성이는
후포 가을

후포에, 겨울이 오면

당신은 내가 어둠을
조금씩 조금씩
늦게 밀어내고 있음을
눈치도 채지 못한 채
후포 바다에서
나를 기다리고 있네

사방은 온통
낯선 사람뿐이고
매일 고향을 그리워하는
사람들은
서랍 속 사진만 만지작거리고

문 밖 서걱이는
겨울바람은
아직 돌아오지 않는 당신을
기다리고

집 나온 지 오래인
사람들은
꼼짝도 하지 않고
후포 북방파제 아래
겨울 지나가는 길목에서
연신
낚싯대를 드리우고 있네

후포 아침

매일 아침
가슴까지 물들이는
일출을 보겠다는 게
얼마나 어리석은
욕심일까

해는
늘 구름 속에서
제 모습을 내보이지 않고

이제 막,
오징어를 잡아 온
어부의 바쁜 손 아래
덕장은
오랜 그리움을 던져 버리고
출렁거린다

아버지가 걱정스런
아들은
멀리서
안부 묻는 편지를 쓰고

갈매기는
연신 모래사장에서
다가올 겨울바다를
걱정하고 있다

기다림은 행복하다

그대 만나러 가는
새벽 열차 기다림도 행복하고

긴 겨울 지나
목련 꽃망울 터트리는
봄 기다림도 행복하고

여름방학 일기 숙제
무사히 다 끝내
개학 기다림도 행복하고

봉숭아 물들인 손톱
다 자라기 전
첫눈 기다림도 행복하고

자식들 다 떠나보내고
아쉬움 없이 산 이승

이별 기다림도 행복하면

얼마나 좋을까

후포 5일장

귀하던 오징어는
가격 겨우 내려
서너 마리 바구니에
올려지고

지나간 옛노래 반주에 맞춰
오카리나 버스킹은
들어줄 사람 없어도
열심히 연주를 하고

풍랑주의보 강한 바람에
후포 바다는
첫사랑 기억처럼
내 가슴 마구
후벼 파고 있는데

소중하게 따온 단감

따사로운 가을볕에

주인을 기다리는

여기는 정이 가득한

후포 5일장

후포의 봄

바람은 자주 방향을
바꾸기 시작했다
서쪽으로 불었다가
남쪽으로 불더니
매화는 그 바람에
그만
꽃망울을 터트리고 말았다

꽁꽁 얼었던 대지는
경계심을 풀고
냉이와 쑥을 내 주었다

후포 바다 위로
드디어 봄이 기웃거렸다
제일 먼저 눈치 챈
갈매기는
계속 나를 따라와

봄의 소식을 알려주고

장롱 깊숙이 넣어두었던
봄옷을 꺼내 말리며
나는 갑자기 바빠졌다

나에게도
다시 희망이 생겼다

후포 바다 J씨를 그리다

어둠을 밀어내는
저 알 수 없는 힘을 느끼며
새벽 후포 바다를 걷는다

쉼 없이 흐르는
삼율천 아래
내가 오기만을 기다리는 J씨

어둠에 익숙해지기 위한
내 부질없는 노력에
그는 늘 나의 위안이 된다

운이 좋은 날은
그를 손으로 만지기도 하고
가슴으로 느끼기도 하며

내 외롭고 힘든 시간

한 켠에서
빛나는 위로가 되어준 J씨

그의   푸른 날갯짓이
오늘은
마냥 그리워진다

사람들은 각자 반환점을 가지고 산다

이쯤에서 몸을 틀어야 한다
우리에게
각자 삶의 길이가 정해져 있듯
너무 멀리 가지 말아야 한다

녹이 슨 오징어 덕장 사이로
송홧가루가 내려앉고
나의 반환점은
바람이 불적마다 풀썩이는,
물가자미 말리는
금음항* 어디쯤

수고한 사람들의 땀방울로
어둠 밀어내고
새벽이 오듯

이제

미련 없이 반환점을 돌아
제자리로 돌아가야 할 때,
정갈한 마음으로
저 태양을 맞아야 한다

* 경북 울진군 후포면 금음3리에 있는 어항.

축산 바다

아침 그물 놓으러
바다로 나간 남편은
끝내 살아오지 못하고
빈 배만 먼저 왔다

축산항* 떠나
사랑하는 아내 위해
그물 던졌던
바다는,
아무런 진실도 알리지 않은 채
숨을 죽였다

내 일처럼
선뜻 나선 50척 고마운 어선들
그 애타는 마음
알까

조금만 더 버텼더라면
살아서 만날 수 있었을 것을
비상 출동한
봄 바다에
그대 살리지 못한
울음소리만 가득하다

* 경북 영덕군 축산면 축산리에 있는 항구.

5월 후포에서

봄은 인사도 없이 가버리고
마을은 무심한 듯
아카시아 향기에
온통 취해 있다

나는 갑자기 길을 잃고
삼율천에 앉아
가로등 위를 날고 있는
대게를 본다

하늘 쳐다볼 여유도 없이
살아온 시간
이제
모든 것을 놓고
일어서야 할 때

모래사장에서도

풀이 자라고 갯메꽃이 피고
갈매기는
내 쓸쓸한 저녁길을
알려준다

삼협 마을, 복사꽃에 반하다

복사꽃 활짝 핀
삼협 마을* 언덕에 서니
나는 자꾸 눈물이 나왔다

언덕을 오르는 수고로움 없이
어찌 저 물길 따라 흐르는
오십천을 품을 수 있으리

고백할 적마다
얼굴 붉히는
사랑하는 당신처럼
끝도 없는
저 붉은 또 하나의 바다가
여기 출렁거리고

뜨거운 햇살 온몸에 받아
내 다시 알찬 열매 되어

잊지 않고
당신 찾아오리니

흔적도 없이
지나가는 세월
내년에도 다시 만날 수만 있다면
내 눈물은
그래도 멈출 수 있으련만

* 경북 영덕군 삼화리의 마을이름. 봄이 되면 복사꽃으로 유명함.

영일만에서

산수유 향기 가득한 봄날
결혼식에서
서로 사랑하라 힘주어
주례사 끝내고
돌아가는 길에 만난
영일만 바다

허옇게 일어나는 파도
한 마리 물새마냥
힘차게 서핑하는 사람들

오늘
새롭게 탄생한
부부도
저 험한 세상
두려움 없이

쓰러지고 쓰러지더라도
다시 일어나는 저 사람들처럼
서로 의지해
잘 살기 바라는 마음으로

아름답게 굽이치는
파도 끝 따라
나도 한 번
파도 위에 서 본다

불영사 가을

이별을
미리 알려줄 수 있다는 것이
슬픔을 덜어주기는 할까

저 눈물 나도록
가슴 저민,
찬란한 눈부심

이제 떠나야 할 때
모든 것은
가고
또 오는 것

한번쯤은 잠시
뒤돌아 보고
이별을 준비해야 하는 시간

〉

떨어진다는 것이
잊혀진다는 것이
새털같이
가벼워지는 일

창포 바다에서 보내는 봄편지

바람에 잔뜩 비가
담겨져 붑니다
오늘 부는 바람에는
그리움도
담겨 있습니다

봄이 지나갑니다
여기저기 꽃잔치도 다 끝나버리고
꽃 진 자리에는 팥알 만한
열매들이
맺히기 시작했습니다

내가 제일 좋아하는
버드나무 연한 잎도
변하고 있습니다

매화꽃이 피고
산수유가 피고

목련이 피고
벚꽃이 피고
복사꽃이 피고
라일락이 피고

이제
아카시아꽃이 피기 시작하면
봄이 다 지나가고 맙니다

계절이 지나가는
창포[*] 바다에서
자기 차례를 기다리는
저 나무들처럼
오늘은
당신이 오실까 봐
또 하루
하얗게 지새웁니다

* 경북 영덕군 영덕읍 창포리에 있는 어항.

오징어

말린다는 것은
오로지
바람과 친해지는 일
태양과 가까워지는 일

그리고
미움도 모조리 빼고
너와 만나는 일

| 제2부 |

태안 연가戀歌

태안 연가戀歌·1
—의항* 가는 길

문득,

9월 끝
백일을 채우지 못한
백일홍이
울고 있다

* 충남 태안군 소원면 의항리.

태안 연가戀歌·2
―연포 바다에서

흙 한 평 없는
APT 베란다에서
언젠가 산으로 돌아가면
키우리라
화분에 손가락만 한 나무를 심는다
칠자화, 병꽃, 백일홍, 가죽나무

그 때
연못 하나 만들고
창을 열면
사방, 사계절
꽃을 볼 수 있는
정원에
저 나무들 옮겨 심어

새 소리

양식 삼아
그저 산처럼 살다 가면
어떨까

연포 바다
솔섬 위로
해 떨어지는 저녁
돌아갈 집 아직 멀고
꿈 이루어질 날 더 멀고

태안 연가戀歌 · 3
—꽃지 할미할아비 바위

할멈,
오늘도 사람들은 사방 모여
당신 앞에서 폼을 잡고 사진을 찍고 있다우

당신은 아직
떠나지 못하고
저 깊은 바다 속
기억처럼
날마다 우리의 따뜻했던 순간을
하나씩 널어 말리며

수평선 정신없이
가슴 흔드는
저녁놀은
오지 않는 당신
기다리고 있는데

할멈,
나는 언제나 당신 손 잡고
연기 모락모락 나는
지붕 낮은 집 마당에서
저녁상 마주 앉을 수 있을까

가슴 한恨
오늘도 들물 여전히 밀려들어 오면
떨어지지 않는 발길
억지로 돌리는
꽃지 바다
아,
나의 사랑

태안 연가戀歌 · 4
—신두리

신두리* 사막 너머에는
나만 아는 바다가 있다

떠나고 싶어도
차마 떠날 수 없는 바다가
아버지처럼 기다리고 있다

매일 뜨거운 태양을
만나야 하는 당신은
아직도 낙타도 없이
떠날 채비만 한다

바람 불 적마다
용케도 나보다 먼저 내 마음을
읽은 당신은
내가 좋아하는 그림만

그린다

바람의 땅,
그 어디서
다시 돌아올지 모르는
바다
그 바다, 그 바다 위에
또 다른 바다를 그린다

* 충남 태안군 원북면 신두리에 있는 해수욕장.

태안 연가戀歌·5
—삼봉*

네가 그렇게 숨어 있을 줄
몰랐다
썰물 때 고스란히
드러난
너의 진실은,

아무리 우겨도
때가 되면 모두가
잠겨 버리는

매일 가질래야
가질 수 없는,

알 수 없는
너의 마음 같은
삼봉

* 충남 태안군 안면읍 창기리에 있는 해수욕장.

태안 연가戀歌·6
―몽산포

맨발로 바다를 한 번 느껴보아라 스멀대는 내 욕망 저 알
수 없는 밑바닥 거기 한 마리 쫄장게 모래로 가슴을 만들고
머리를 만들고 그리고 너를 사랑하는 마음까지도 만들어 본
다 한바탕 파도에 없어지는 형체 나는 그대로 바다가 된다
끝도 보이지 않는 모래사장에서 오늘도 가고 없는 너를 위해
또 하나의 모래성城을 쌓는다

태안 연가戀歌 · 7
―만리포 우체국에서

잊혀진 사람처럼
허무한 것이 또 있을까

우체통 앞에 서서
편지를 기다린다

만리포 바다는
그 많은 사람들의 사랑을 받아
다시 살아 숨쉬고

123만 명의 사랑을 준 사람들은
저마다
푸른 기적의 바다 기억하며 살까

모래 속으로
더 깊게, 더 깊게

어쩌지 못한 노을이 숨어들고

아직 차지 않은
반달 달빛
그대 고백 다 들어줄 듯
출렁대지만

오늘도
문 닫힌 우체국 앞에서
아직도 오지 않는 그에게
편지를 쓴다

태안 연가懸歌 · 8
　—백리포[*]

저 연한 새싹
세상에 내밀려고
얼마나 기다렸을까

아
바라만 보아도
저미는 가슴

떠나지 못하고
다시 되돌아오는 파도
밤새 소리만 내다
돌아선 언저리에

4월
라일락, 늦은 벚꽃이
눈처럼 내렸다

* 충남 태안군 소원면 의항리에 있는 작은 해수욕장.

그저 나만 생각했구나

가을에 씨를 뿌린다는 것이
얼마나 어리석은 일인가?
가을볕이 따뜻해
뿌린 씨앗
봄인 줄 알고 얼굴 내미는데
싸늘한 가을 저녁에
나 그리워하다
말라죽는데

연한 새싹 보는 내 욕심 때문에
그 고운 싹
밤새
고통스러운 줄 왜 몰랐을까

학암포 연가戀歌

8월이 오거든,
사랑하는 이여
백일홍
곱게 핀
학암포*로 오시오

내 마음
도드라져
저렇게 붉게
꽃으로 피었나니

내 어찌
백일百日만 그대를
생각하리오

눈물처럼
뚝뚝

백일홍 지기 전에
두 눈 꼬옥 감고
꽃잎 숨결 만져보오

그 보드라움
내 마음 같아
학처럼 날아와
살포시 고백하리오

8월이 오거든,
아직도
못다 한 사연이
있거든,
사랑하는 이여
학암포로 잊지 말고
오시오

* 충남 태안군 원북면 방갈리에 있는 해수욕장.

이제는 모두 떠나보내야 할 때

이제는 모두
떠나보내야 할 때

하얀 포말 사이로
내 욕망 한없이
꺼져가고

아무도 없는 바닷가
그 쓸쓸한 자리 비집고
떠나지도 못하고
되돌아오는
줄 하나 끊어진
기타 소리

이제는 떠나야 할 때
노을 속으로
숨어버린 너에 대한 미련

어찌지 못하고

점으로 남을
저 섬
숨 가쁜 하루 닫히고
내일 그물을 준비하는
어부의 부르튼 손 그 사이로
아직 버리지 못한
내 젊은 날의 연가

가슴 속까지 비집고
들어오는
쓴 내 나는 커피향
그 뒤,
봄이 기웃거린다

식목

식목일 날 심은
1년생 자목련 네 그루

바싹 말라
똑똑 분질러보고
새싹 나지 않아
두 그루 뽑아버리고
말았는데

7월 초복 지나
나머지 두 그루
똑똑 분질러져도
뿌리에서 새싹 서너 개 보이더라

아하,
보이는 게 다가 아니다
똑똑 분질러진다고

죽은 게 아니네
아무리 하고 싶은 말
있어서
가슴 속 담긴 새싹
그래도 저 혼자
잘 자라
세상에 나오거늘

안타까운
자목련 두 그루
어디 가서 찾아오나

부고訃告 · 2

이른 아침
사내 게시판 부고訃告 한 줄
조의금 달랑 보냈던 지난 날
오늘은 왠지 남일 같지가 않다

아들 낳고 보름 만에
아버지 잃은 슬픔
몇 년 동안 그리움
글로 담아 버렸지만

이제는 나도 모르게
나의 부음訃音
그렇게 실릴 날이 남아있는데

바다에 훌훌 날릴까
매일 노을 지는 저녁
남아 있는 가족들

날 그리워 할까

그믐달이 의지되는
쓸쓸한 저녁 밥상
뻐꾸기 울음이
가슴을 파고 든다

우간다 잭플루트 열매처럼

익으면
부부 소리가 난단다
안 익은 열매는
와와 소리가 난단다
소리로 그 익음을 아는
과일
사람도 그랬음
좋겠다

갈매기에 대한 오해

더 낮게 더 낮게
먹이를 얻을 수 있는 길이
바다에 닿는 일

높이 난다는 것이,
멀리 본다는 것이,
더 이상
의미 없는 일

하루살이를 위한 변명

　　그때 말했어야 했다 뭐든지 미루는 것은 후회만 남겼다
저녁 해는 자꾸만 오른쪽으로만 가려 했고 나는 그저 발만
동동 구르며 보기만 했다 안개는 더 이상 아름다움이 아니라
죽음의 커튼처럼 앞을 막았다 휙휙 소리를 내며 잊혀졌던
꿈들이 지나갔다 더러는 지나가는 차에 치이기도 하고 더러
는 용케 빠져 나가기도 했다 50센티가 넘는 우럭을 기다렸다
길다란 줄자는 아직도 잡아오지 못한 저 푸른 바다의 광어를
기다렸다 도다리가 창문 옆을 기웃거렸다 수북하게 쌓인 하
루살이가 아침 햇살에 올라간다 안개가 걷힌다 오늘은 꼭
고백하리라 나도 저 해를 갖고 싶다고

제3부

국수

코르크 나무

20년에 한 번씩
살갗 도려내

그대들의
화려한 와인 잔에
핏빛으로 젖어드는
내 외침

못 들은 척
꽉 막아버린
마개

국수

'국수' 하고 말하면
떨어지는
눈물 한 방울

국수 한 그릇
국물 한 사발
밥보다 많이 먹던
시절

아!
아버지

국수를 덜어주려면
그릇과 그릇을
붙여야 한다

온기를

그대에 나눠주듯
어깨를 바싹 붙여야 한다

내 어린 시절
한 끼 식사로
허기진 가슴
넉넉히 채워 주었던
국수
한 그릇

그리고
아
버
지

파리

하루 종일
내 책상 근처
귀찮게 날아다니는
파리 한 마리

퇴근 무렵
신문지 돌돌 말아
내려치자니

녀석과
하루 종일 지낸 정情 때문에
두 눈 감고
그냥
지내기로 했네

김밥 두 줄

북두칠성이 가물거리다
오늘
내 발등에 툭 떨어졌다

초승달은
그새 참지를 못하고
바다 너머로
숨어버리고

4천 원이면 그저
고마운 저녁

김밥 두 줄
형제처럼 기대어

빈집
아직 돌아오지 않는
아이를 기다린다

초보 수영

새벽 교회에 가듯
새벽 수영장에 간다

힘을 빼야
물에 뜬다고 하지만
나는 여전히 뜨질 못한다

너무 오랫동안
힘을 주고 살아온 날들
어찌
단숨에 힘을 뺄 수 있을까

꽃 피는 4월이
다 가도록
발차기만 했다

힘은 빠지지 않고

4월이 지나갔다

힘을 빼지도 못하고
푸른 5월이 오기만을 기다렸다

해돋이 공원*에서

이제
계절의 끝이 보인다

새벽은 부지런히 어둠을 밀어내고
멀리 64층 건물벽 유리에도
또 다른 아침이
시작 된다

잠시
나를 내려 놓는다
수북하게 쌓인 낙엽 위로
내 생각이 떨어진다

여기서부터는
절대 뛰지 않으리라
마음먹지만
두 팔 휘저으며 걷는 사람 속에

또
고민 중

몇 번의 가을 더 맞을까
비우고 또 비워서
말간 저 푸른 하늘처럼,
투명해졌으면

* 인천 송도 신도시에 있는 공원 이름.

이사

문득
새 집으로 오면서
버리고 온 화분이 생각났다

며칠 씩 집을 비우면
제일 먼저 걱정이 되었던 녀석들이
새 집이라는 이유로
오래되어 낡았다는 이유로
뒤도 안돌아보고
버린 가구가 생각났다
저 것들도 예전에는
새 것이었을 텐데

문득
새 집으로 오면서
그동안 내가 버린 것들을 떠올렸다
그리고

내가 이다음
모두 버리고
이 새 집마저 버리고 갈
그날이 떠올라서
새 집을 나와
그저
오솔길을 걸었다
말없이 걸었다

영원한 것도 없거늘
그저 같이 지낼 때
정 주지 말 것뿐이다

영월 가는 길

무궁화 열차는
아득한
첫사랑의 기억처럼
더디게 소리를 내며
사북역에서
20분을 연착하고서야
다시
떠났다

누런 시냇물은
누이의 얼굴처럼
밤새 잠을 이루지 못해
퉁퉁 부어 흐르고

타는 사람
내리는 사람
하나 없는 간이역은

추억처럼 슬펐다

첫서리에
몰래 숨겨놓은 호박은
소리도 없이 죽어버리고

계절은
또 그렇게
바삐
나만 두고 가버렸다

전철역에서

아버지는 한 달에 한 번 가는 이발비가 아까워 가실 적마다 머리가 점점 짧아지곤 하셨다 지금 살아계셨더라면 아버지 원하시는 것은 다 해드릴 텐데 전철역에서 본 머리가 하얀, 등 굽은 할아버지 뒷모습에서 24년 전 아들 태어난 지 보름 만에 세상 뜨신 아버지 생각이 났다 내가 하는 일은 뭐든 깃발처럼 자랑으로 삼으신 아버지 온 천지에 아카시아 꽃 하얗게 필 무렵 돌아올 아버지 기일 아카시아 향기로 늘 남아있는 아버지 그저 옅어져 가는 기억이 아쉬운 시간 무심한 전철이 또 한 대 지나간다

연못

연못을 돌 때마다
돌을 하나씩 던진다

어제 던진 돌이
반쯤 잠겨 얼어 있다

낮 동안 얼음은
다 녹아버리지 못하고
반쯤 돌을 가슴에
안고 있다

아직도
연못은
생각 중이다

아카시아 꽃

저게 다 쌀이었으면
향기 고스란히 남아있는
쌀이었으면
해마다
아버지 제사 때면
가슴 속까지 와서
피는
그리운
꽃

시외버스

좌석번호가 무의미한 시외버스. 자리에 앉자마자 얼른 옆자리에 가방을 놓으니 햇살이 출렁거린다. 어디선가 낯선 이가 지켜본다. 모르는 척 혼자 내버려두고 눈을 감는다. 수몰지역 마을이 추억처럼 어른거린다. 저기는 초등학교 운동장, 일 나간 엄마 기다리며 같이 친구해 준 전봇대. 물고기 집이 되었을 구석진 내 방. 바람 불면 눈처럼 날렸던 동네입구 벚꽃나무. 땅 따먹기 하던 동무들 이제 얼마나 살아있을까? 매일 쌓이는 청첩장이 시외버스 지나간 자리를 정신없이 따라간다.

삼척 영은사 배롱나무[*]

그 오랜 세월
꽃피웠던 시간
얼마나 될까

반질한 나무 곁
만지지 않아도
느낄 수 있을 것 같은
그대 숨결

가만가만 간지르니
온 가지가 부르르 떤다

이 따스한 마음
말 안 해도 전해질까
해가 다 지도록
애만 타는데

영은사 배롱나무
모르는 척
얼굴만 붉힌다

* 부처꽃과에 속하는 낙엽관목으로 백일홍나무라고도 함.

꿈

뭍에서 쏟아지는
피 터지는 절규가 들리는가

아무것도 할 수 없는
할 줄 모르는,
그들과 별반 다를 것이 없다는,
소용돌이 속에 모두 갇힌
꿈

저 깊숙하게 유영하는
꺼낼 수 없는,
소중해서 그대들에게
감히 보여줄 수 없는,
살아서
수런거리는 소리를
듣고 싶다

〉

밤마다 어머니와 함께 세던
저 하늘의 별을
어서
보여주고 싶다

해당화 뚝 뚝 지는
이 부질없는 계절에
꼭 한 번
만져보고 싶다

검버섯

검은 나비 한 마리가
처음으로
내 오른팔에 날아와
앉았다

이제 녀석들은
떼로 날아와
앉을 것이다

내가 아직
꿀을 딸 수 있는
꽃인 줄 알고 있을까

사람들은
그것도 모르고
검버섯이라
안타까운 얼굴을 해댄다

가야 할 때
갈 줄 아는 사람은
얼마나 아름다운가

가을 창가
햇살 한 바구니
내 몸 꽃향기
한 바구니

배꼽산 · 9

어느새
이렇게 낮아졌을까

팔방놀이 하며
단숨에 뛰어갔던 산이
이제
가슴 속으로
들어와
섬이 되어 버린,

오소리 잡던
그 거친 손
다시 만져보고 싶은,
꿈에도
나타나지 않는
아버지 같은
산

유모차

한때는
젊었을 적
한 폭의 꿈이었을

그 때는
미처
이렇게 내가 유일하게
의지해
밀고 다닐 줄
꿈에도 몰랐을

빛바랜
차車

소설小雪

앙상한 가지라도
볼 수 있는
이 아침이 고맙다

지난 밤 내린 비에
모조리 떨군 잎새
한 겨우내
자양분으로 남아
내년 다시 올지니

푸드덕
푸른 하늘을 나는
새들아,
그래도 가끔은
내 가지에 내려앉아

자꾸 멀어지는

친구 소식
알려주렴

소설小雪 아침
빈 들녘
가득한 공허空虛

제4부

그 바다에 가면

묵호 등대에서

보름달 하나
힘껏 바다에 던진다
달은 빠지기 싫어
나하고 싸움을 하잔다

밤새
등대 불빛
내 가슴에
별처럼 박힌다

그 바다에 가면

그 바다에 가면
내 잊혀졌던 유년의 꿈도
찾을 수 있고

그 바다에 가면
만나지 못해 애태우던
당신을 만날 수 있고

그 바다에 가면
흩어지는 생각
모을 수 있고

그 바다에 가면
내 존재의 이유도
깨달을 수 있고

그 바다에 가면

내가 살릴 수 있는
귀중한 생명이 있다

그 바다에 가면
나는 또 다른 내가 되어
다시 태어난다

오은영 마술사

소매를 걷어부친
그녀의 손에서
꽃이 자꾸 나온다
아무리 눈을 크게 뜨고 보아도
아무것도 없는데
수십 개의 꽃송이가 떨어진다
그녀는 참 좋겠다
씨를 뿌리지 않아도
그렇게
많은 꽃을 피울 수 있으니

마술을 보고 온 저녁
나는 꿈속에서
꽃씨를 심었다
그녀가 손에서 피운 꽃보다도
더 많은 꽃이 피도록,
땅 한 평도 없는 나는

밤이 다 새도록
내 가슴에

7월의 다짐

집채만 한 높은 파도
한 가닥 외줄 의지해
단정 내려
불법조업 외국어선 단속
목숨조차 두려워하지 않고
지켜낸 우리 바다
그 자부심으로 살아온 시간

행여
청정바다 어찌될까
살피고 또 살펴
보존한 바다
그 보람으로 살아온 날들

맹골수도 휘돌아치는 물살 아래
안타까운 귀중한 생명
지키지 못해

차마
쳐다볼 수도 없는
저 푸른 하늘
밟을 수도 없는 땅

이제 다시 한 번
우리 모두 하나 되어,
무사 염원하는 당신의 뜻
가슴에 담아
동·서·남해 우리 바다
정성 다해
온몸으로 지키리
온 힘을 다해 지키리

여기 남은 우리들은

천지에 산수유 곱게 물들어
그리움 피어나듯 지천으로 피었는데
님들 삼켜버린 저 짙푸른 바다는
오늘도 말이 없습니다

안개가 끼었다고
어찌 마다 하고 말겠습니까
파도가 높다고
어찌 마다 하고 말겠습니까
목숨조차 두려워 하지 않고
감히 지켜낸 우리 바다
그 자부심으로 살아온 시간

단 한 명의 귀중한 목숨 구하는 길이
우리의 사명인 것을,
그 보람으로 살아온 날들

가거도 그 끝
어디가 하늘인가
어디가 바다인가
하늘이 바다이고 바다가 하늘인 것을

마지막 순간까지
후배들을 살리기 위해 조종간 놓지 않았던
그 마음 어찌 잊을 수 있겠습니까

당신의 사랑하는 아내, 아들, 딸
그리고
보고 싶은 어머니
생일상 차려놓고
대문 밖에서 기다리고 계신데
아, 당신은 가거도 깊은 바다 어디를 떠돌고 있습니까

님들 끝까지 지킨 바다

남은 우리들 모두
또 그렇게 우리의 바다 지켜가겠으니

님들 비록 떠나고 없지만
숭고한 희생 이어받아
우리 해양경찰 모두의 가슴에
꺼지지 않는 등불로 남겨지리니
님들이여
고이 잠드소서
3월의 푸른 바람으로 다시 오소서

* 2015. 3. 13. 전남 신안군 가거도 해상에서 응급환자를 후송하러 가던 해양
  경찰 헬기 추락사고로 순직한 고 최승호 경감, 백동흠 경감, 박근수 경사,
  장용훈 경장을 추모함.

화옹방조제

7월 끄트머리
툭 툭
소리를 내며
잠자리가 자동차 유리창에
부딪쳐 떨어진다
가을이 익기도 전에 진다

높다란 가로등 위에
정물처럼 서너 마리씩
앉아있는 갈매기
자동차 지나가는 줄 모르고
힘껏 날아오르다
탁!

화옹방조제 도로 위에
날개가 있어 더욱 가까운
주검들이 즐비하다

해양경찰 충혼가忠魂歌*

조국祖國을 위해
하나뿐인 목숨을 바친
우리의 고귀한 영혼靈魂이여

가슴 벅차
차마 쳐다볼 수도 없는
독도獨島,
따스하게 품은
동해東海 푸른 바다

마지막 순간瞬間까지
우리 바다 지키고자 한
당신의 마음 행여 잊을까
날마다 서녘 노을에
다짐 새기며

이어도 그 끝
어디가 하늘인지

어디가 바다인지
단 한 명의 생명生命을 구하는 길이라면
그 하나만으로 행복幸福인 것을

세월 끝없이 흐른다 해도
그대 조국祖國과 겨레 사랑하는 마음
어찌 잊으리오

당신은 비록 떠나고 없지만
여기 남아있는 우리들
길이길이 숭고崇高한 뜻 이어받아

우리의 가슴에
꺼지지 않는 등불로 남겨지리니

해양경찰海洋警察이여 늘 깨어있으라
대한민국大韓民國이여 영원하여라

* 여수시 해양경찰교육원 충혼탑에 순직 해양경찰관을 추모하고자 새김.

은사시 나무

유서 한 장
방조제 수문 안쪽

가지런히 신발
벗어놓고
핸드폰 하나 놓고

어머니
고통이 너무 견디기 힘들어
갑니다

목요일 아침
상황 처리 하나

가여운 목숨
봄날
벚꽃잎처럼

툭 떨어집니다.

꽃비처럼
슬픔도 바람에
날립니다

초곡[*]의 등불, 영원하리라

검푸른 파도 두려움 없이
뛰어든 젊은 목숨이여!

귀중한 생명 구하기 위해
그토록 눈물겨운 살신성인殺身成仁
끝내 고귀한 넋이 되어
영원한 해국海菊으로 피었나니

푸른 꿈 넘실대는 동해를 품고
해양경찰 그 눈부신 사명감 앞에
언제나 불사조 모습으로,
때로는 태양처럼
때로는 은하수처럼
반짝이던 생전의 형상들

아, 그리운 임들이여!
해양경찰 역사에 길이 빛날

숭고한 삶 영원히 기억하리라

* 2016. 11. 8. 강원도 삼척시 초곡 해안에서 공사하던 인부 5명이 기상악화로
고립되자 이들을 구조하다 순직한 해양경찰 고 김형욱 경위와 박권병
경장을 추모함.

아, 그리운 이에게

얼굴도 보지 못하고 떠난 아빠
아이는 벌써
이만큼 훌쩍 자랐는데

딸 아이 생일날
촛불 다섯 개 켜주지도 못하고
떠나버린 시간

그래도 아버지,
우리가 지키려고 했던 것은
저 푸른 초곡 바다 위
구조를 기다리는
국민의 생명이었습니다

한 점 망설임 없이
뛰어든 바다
그것이 마지막일 줄 몰랐습니다

끝까지 함께하지 못한
보고픈 아이들, 사랑하는 아내
가슴 속
꺼지지 않는 등불이 되어
당신 곁을 지키겠습니다

어떤 가시

　점심 메뉴에 나온 생선 이름도 모르고 먹다가 그만 가시가 목에 걸렸다 거울 앞에서 입을 크게 벌리고 쳐다보지만 녀석은 보이지 않는다 상추에 밥을 가득 차서 씹지도 않고 먹어도 보고, 물을 마셔보기도 하고, 김치를 입 안 가득 넣어 꿀꺽 삼켜보기도 하지만 도대체 꼼짝도 하지 않는다 침을 삼킬 적마다 고통스러워 하루를 꼬박 새우고 병원에 갔다 입을 크게 벌리세요 더 크게 자꾸 올각질이 나왔다 핀셋이 들어갔다 드디어 가시가 나왔다. 보이지도 않는 가느다란 가시 하나 아, 살 것 같다 이젠 정말 아무 욕심도 없다 침만 고통 없이 잘 삼킬 수만 있어도 더 이상 여한이 없다 아 목에 걸린 가시를 빼냈다 목에 가시처럼 여기는 사람 누구라도 다 사랑할 것 같다

가을

가을 풀벌레 소리
푸른 밤 속으로
몰래 들어와
익고 있다

여기엔
귀뚜라미가 숨고

저기엔
여치가 숨고

전단지

현관 앞
수북한 전단지

읽어보지도 않고
쓰레기통에 버린다

어느 누구의
간절한 바람임을
애써 모르는 척
감은 눈,
겨울이
한
창
이
다

고구마를 키우며

뿌리를 내린다는 것이
당신이 뻔히 보고 있는데
매일,
갈아주는 물을 먹고
물 속에 뿌리를 내린다는 것이
얼마나 큰 슬픔인지
당신은 알까

보랏빛 잎사귀
그늘을 만들기까지
얼마나 많은
생각들을 햇빛에
널어놓아야 하는지
당신은 알까

평택항에서

　노을 한 바가지 가져와서 저녁 밥물로 안치고 그대를 기다
린다 낮달은 여전히 걱정스런 얼굴로 지켜보고 물 빠진 갯벌
에 피곤이 날아든다 어망을 아직 걷지 못한 아버지, 또 그
아버지의 아버지 만장 펄럭일 꿈을 꾼다 땅이 되어버린 바다
는 끝내 바다를 버리지 못하고 자꾸만 늘어나는 헛구역질에
꼬시래기가 자란다 평택항에서는 날마다 바다가 달아나고
그 뒤를 쫓아가는 아버지의 발걸음이 아직 살아있다

충일充溢의 시적 의미
—박경순 시의 지향과 관련하여

백인덕 | 시인

1.

일상은 시로 가득하다. 굳이 심오한 사색이나 끈기 있는 명상이 필요하지도 않다. 감각을 열고, 어휘의 창고를 수색하고, 기억의 갈래와 배치에 대해 조금 고민하고, 스스로 발견하고 가치를 부여하는 용기만 있다면, 우리의 일상은 말 그대로 시적 윤슬이 가득한 반짝이는 순간이 된다. 박경순의 시를 읽는 내내 '충일: 가득 차 흘러넘침' 어휘가 눈에서 머리를 지나 입속에서 웅얼거렸다. 결국 이렇게 손을 통해 활자로 찍히는 단계까지 왔다. 우리는 너무 쉽게 어떤 '어휘'의 사전적(축자적) 의미에 만족하거나 집착하는 경향이 있다. 물론 편리하고 안전하기 때문이겠지만, 그런 태도로는 결코 '의미의 이면裏面'을 볼 수 없다. 가령, '충일'이 물질의 상태를 지칭하기보다는 내면의 정서적 상태를 겨냥한 어휘라는 것을 간과하면 그 순간 시인이 구축한 시적 의미의 세계는 휘발揮發하거나 무의미해 지고 만다.

주지의 사실이지만 시에서 '의미'는 세 차원에 가로놓여 있다. 하나는 감각적 차원의 '의미sense'로 시작의 기초이면서 동시에 정서적 반응의 결과로 그 자체로 재귀하기도 한다. 가령, 꽃의 아름다움을 노래하는 것은 감각적 소여所與 외에 거의 의미가 없다. 그 다음은 언어적 차원의 '의미meaning'인데 쓰인 말 그대로의 뜻이라 할 수 있다. 가령, 병문안을 가서 수술을 마치고 깨어난 환자에게 아프냐고 물어봤을 때, '괜찮아, 하나도 안 아파'라는 대답은 표면상 그가 아프지 않다고 주장하는 것 이상을 지시하지 않는 것이 그렇다. 마지막으로 '맥락상 의미context'가 있다. 이것은 앞의 병문안 예를 극적 아이러니로 만들면서 발생하는데, '아프지만, (네가 내 안부를 물어주어서 행복하기에) 안 아파'라는 의미를 함축한다. 필자가 이 글에서 사용하고자 하는 '충일'의 의미는 마지막

차원을 겨냥하고 있다.

　이번 시집을 관통하는 박경순 시인의 시작의 특징은 대상과 시상의 직접적 표출이라는 측면에서 제재를 반복하거나, 시적 진술의 일부를 생략하면서도 내면에 흐르는 맥락으로 다 감싸 안은 일종의 시적 지향을 보여준다는 데 있다.

　　이쯤에서 몸을 틀어야 한다
　　우리에게
　　각자 삶의 길이가 정해져 있듯
　　너무 멀리 가지 말아야 한다

　　녹이 슨 오징어 덕장 사이로
　　송홧가루가 내려앉고
　　나의 반환점은
　　바람이 불적마다 풀썩이는,
　　물가자미 말리는
　　금음항* 어디쯤

　　수고한 사람들의 땀방울로
　　어둠 밀어내고
　　새벽이 오듯

이제

미련 없이 반환점을 돌아

제자리로 돌아가야 할 때,

정갈한 마음으로

저 태양을 맞아야 한다

　　　　　　　—「사람들은 각자 반환점을 가지고 산다」 전문

　시인의 '반환점'은 언제나 몸 가까이에 있다. 몸 가까이 있다는 것은 물질에서 비롯한다는 것을 떠나 생활 속에 있다는 것이고 그 자체로 자연스럽게 형성된다는 뜻이다. "녹이 슨 오징어 덕장 사이로/송홧가루가 내려앉고" 그렇게 "바람이 불적마다 풀썩이는/물가자미 말리는/금음항 어디쯤"이 '반환점'이라고 한다. '금음항'이라는 지명이 적시되어 있지만, 오징어 덕장과 길가에서 물가자미를 말리는 동해안(송홧가루는 동해안 일대에서만 날린다) 어디를 상상해도 별 무리는 없을 것이다. 시인이 말하고자 하는 바는 "정갈한 마음으로/저 태양을 맞아야 하는", 즉 오늘은 오늘의 태양을 맞이함으로써 시작되는 경이驚異라는 데 있기 때문이다. 게다가 그것이 "수고한 사람들의 땀방울로/어둠 밀어내고/새벽이 오듯" 도래到來한다면 '반환점'은 아쉬운 돌아섬이 아니라 언제나 새로운 시작의 출발점이 될 수 있을 것이다.

2.

박경순 시인의 '충일'은 되돌아 올 수 없는 시간의 축선軸線을 가운데 두고 나선형으로 돌아 전진하는 현재(언제나 당시에는) 공간의 이동이 감싸 안은 형태에서 일차적으로 형성된다.

국수를 덜어주려면
그릇과 그릇을
붙여야 한다

온기를
그대에 나눠주듯
어깨를 바싹 붙여야 한다

—「국수」 부분

잔잔하게 가라앉아 있는 기억의 수면을 순간 거칠게 요동하게 하고 일렁여 큰 물결을 만들어 현재의 시점까지 엄습하게 하는 강력한 모티프들이 존재한다. 소설가 프루스트의 '마들렌 향만 그런 것이 아니다. 시인은 '국수'를 통해, 정확하게는 "'국수'하고 말하면/떨어지는/눈물 한 방울"을 통해 끝없이 유년으로 아프게 회귀한다. 그것은 "내 어린 시절/한 끼 식사로/허기진 가슴/넉넉히 채워 주었"기 때문이고 '그리운 아버지'를 늘 떠올리게 되기 때문이다. 결국 '국수'는 실제적으로 몸의 허기를 해결하는 수단이었고, 정서적으로는 '아버지'와의 연대를 연결하는 고리이기 때문에 지금도 '눈물 한 방울'로 되살아오는 것이다.

　시인이 아버지와 맺은 정서적 유대감, 혹은 애환의 내력은 작품으로 형상화되어 드러나 있다. 그보다 앞서 시인의 층위에 관해 언급하자면, 작품의 인용한 부분, 즉 국수를 덜어주는 행위가 갖는 전제와 의미가 개인의 일상적 행위를 일종의 보편적 원리임이 제대로 형상화 되었다고 할 수 있다. 바로 이런 지점에서 시인의 시적 지향이 반복이라는 형식을 벗어나 엿보인다.

　　아버지는 한 달에 한 번 가는 이발비가 아까워 가실 적마다 머리가 점점 짧아지곤 하셨다 지금 살아계셨더라면 아버지 원하시는 것은 다 해드릴 텐데 전철역에서 본 머리가 하얀, 등 굽은 할아버지 뒷모습에서 24년 전 아들 태어난 지 보름만에 세상 뜨신 아버지 생각이 났다 내가 하는 일은 뭐든 깃발처럼 자랑으로 삼으신 아버지 온 천지에 아카시아 꽃 하얗게 필 무렵 돌아올 아버지 기일 아카시아 향기로 늘 남아있는 아버지 그저 옅어져 가는 기억이 아쉬운 시간 무심한 전철이 또 한 대 지나간다

　　　　　　　　　　　　　　　　　—「전철역에서」 전문

존재란 외부에서 용인하는 이름의 의미가 아니라 '호명-응답'하는 맥락에 따라 다양한 정서적 관계와 의미를 형성할 수 있다. 인용 작품에서 드러나듯 시인의 아버지는 "24년 전 아들 태어난 지 18만에 세상"을 뜨셨다. 이 한 사실 만으로도 화자는 내내 아쉽고 속절없다는 감정에 충분히 지배당할 수 있다. 그러나 작품은 이보다 더 애절한 측면을 보여준다. 시인은 「아, 오늘은 아버지가 무척 그립다」는 직설적인 제하의 작품에서 "어머니는 내가 어릴 때 돌아가셔서 나는 머리가 하얀 아버지에 대한 그리움만 가득하다."는 내력의 근원을 밝힌다. 어머니를 대신한, 아니 막내딸을 위해 그 빈자리를 결핍으로 만들려하지 않은 아버지의 수고는 유년에 뜻밖의 비가 쏟아졌던 날 화자가 비에 다 젖어 집 근방에 이르렀을 때 뒤늦게 우산을 들고 뛰어나왔던 아버지, 경정으로 승진한 날 자랑스럽게 품에 안기고 싶었던 아버지 등등 시인의 몇 개의 기억과 결합하면서 더욱 애잔한 심상으로 그려진다. 그 끝에는 영원한 별리를 반복 재생할 수 있는 모티프로 승화한 다음과 같은 작품이 있다. "저게 다 쌀이었으면/향기 고스란히 남아있는/쌀이었으면/해마다/아버지 제사 때면/가슴 속까지 와서/피는/그리운/꽃"(「아카시아 꽃」) 꽃을 노래하는가, 아니다. 유년의 질곡極梏을 한탄하는가, 그도 아니다. 이 작품은 앞의 인용 작품들을 통해 어느 정도 해명되었 겠지만, 자기를 성장시킨 과거에 대한 애환哀歡의 정서와 시 각이 온전히 담겨 있다.

기억은 내용 그 자체가 아니라 이른바 '회상回想' 작용이 중 요한데, 그 이유는 회상이 현재적 필요, 즉 현재 직면하고 있는 상황이나 문제에 관련하여 작동하기 때문이다. 박경순 시인 의 '아버지'에 대한 일종의 정서적 몰입은 시인을 만든 시간의 비가역적 특성에 비추어 자연스런 결과일 수도 있지만, 시인 이 점유하면서 지나쳐온 공간의 사건들도 기억의 내용을 강화 하거나 변형하면서 중요한 요인으로 작용했을 것이다.

> 바다 너머
> 고기를 잡으러 간
> 내 아버지와
> 내 아버지의 아버지는
> 대게 몇 마리 가슴에 품고
> 오실런지
> 녹등, 홍등 등대는
> 걱정스레 반짝거리고
> —「9월, 후포 밤바다에서 가을을 만나다」 부분

떠나고 싶어도
차마 떠날 수 없는 바다가
아버지처럼 기다리고 있다

매일 뜨거운 태양을
만나야 하는 당신은
아직도 낙타도 없이
떠날 채비만 한다

　　　　　　　　　　—「태안 *戀歌*·5-신두리」 부분

　노을 한 바가지 가져와서 저녁 밥물로 안치고 그대를 기다린
다 낮달은 여전히 걱정스런 얼굴로 지켜보고 물 빠진 갯벌에
피곤이 날아든다 어망을 아직 걷지 못한 아버지, 또 그 아버지
의 아버지 만장 펄럭일 꿈을 꾼다 땅이 되어버린 바다는 끝내
바다를 버리지 못하고 자꾸만 늘어나는 헛구역질에 꼬시래기
가 자란다 평택항에서는 날마다 바다가 달아나고 그 뒤를 쫓
아가는 아버지의 발걸음이 아직 살아있다

　　　　　　　　　　　　　　—「평택항에서」 전문

　인용 작품들은 동해안의 영덕 일대와 서해안의 태안, 평택
을 제재로 한 것이다. 아마도 시인의 근무지와 관련이 깊을
것으로 유추된다. 이 작품들은 공히 '아버지'라는 어휘가 중

심 시어로 등장하면서 바다와 더불어 산(살아가는) 사람들의 생(삶)을 중심 테마로 했다는 점에서 상통하는 바가 있다. '국수'에서 시작해서 '아카시아'를 거쳐 시인에게 늘 애환의 근원으로 남은 '아버지'가 일종의 확산擴散 또는 보편성을 획득하면서 '바다'와 연접한, 아니 거길 지향하는 존재로 그려지고 있다. "바다 너머/고기를 잡으러"가기도 해야 하고, 사막에 갇힌 누군가에게 '바다'의 힘으로 기다려야 하고, 늘 달아나는 바다를 쫓아가야만 하지만, 그래도 "아직 살아있다."는 힘으로 바다와 접한 아버지들이 그려진다.

바다의 아름다움과 치열한 현실성을 동시에 느끼는 것, 다시 말해 여행의 경로가 아니라 삶의 현장으로, 관조나 감탄의 무경계가 아니라 열린 경계지만 분명한 영역으로 인식할 수밖에 없는 것 등이 박경순 시인의 또 다른 시적 특징이라 할 수 있다.

3.

이번 시집의 중심 테마를 결코 '아버지'로 읽고 싶지는 않지만, 시인이 어린 시절 이유나 상황도 모른 채 '어머니'를 잃어야 했던 것처럼, 그렇게 또 '아버지'를 잃어야 하는 이야기가 묵직하고 장중한 어조로 형상화 되고 있다. 그 내력은 작품 「초곡의 등불, 영원하리라」에 핍진逼眞하게 그려져 있고, 이후에 남은 이들의 애환과 의지가 다음의 인용 작품으로 형상화 되어 있다.

얼굴도 보지 못하고 떠난 아빠
아이는 벌써
이만큼 훌쩍 자랐는데

딸 아이 생일날
촛불 다섯 개 켜주지도 못하고
떠나버린 시간

그래도 아버지,
우리가 지키려고 했던 것은
저 푸른 초곡 바다 위
구조를 기다리는
국민의 생명이었습니다

한 점 망설임 없이
뛰어든 바다
그것이 마지막일 줄 몰랐습니다
끝까지 함께하지 못한
보고픈 아이들, 사랑하는 아내

가슴 속
꺼지지 않는 등불이 되어
당신 곁을 지키겠습니다.
　　　　　　　　　　　　　—「아, 그리운 이에게」 전문

　특별히 기억력이 좋아서가 아니라, 필자는 이 사건을 메인 뉴스타임의 한 꼭지로 접했던 기억을 갖고 있다. 어찌 보면 말 그대로 '사건'일 뿐이고, 그 희생의 숭고함에 비해 기억은 순간을 넘어서지 못한다. 이렇게 되살려낸다는 것은 그래서 의미 있는 작업일 수밖에 없다. 자기 사명이란 어떤 철학적, 이념적 틀로도 완전히 재갈물릴 수 없는 숙명과 같은 것이다. 그렇기에 그 숭고한 희생은 오래 기억되고, 오늘 우리의 행위를 반추反芻하는 거울이 되어야 한다. 여기에는 이론異論이 있을 수 없다.
　시인은 여기서 한 걸음을 더 나간다. 그것은 작용 인자로서의 '바다'를 다루기 이전에 이 희생이 기초하는 상황, 즉 "아침 그물 놓으러/바다로 나간 남편은/끝내 살아오지 못하고/빈 배만 먼저 왔다//축산항 떠나/사랑하는 아내 위해/그물 던졌던/바다는,/아무런 진실도 알리지 않은 채/숨을 죽였"(「축산 바다」)다는 또 다른 사실을 인지하고 있기 때문이다. 시인의 중일은 희생의 무게를 재는 것이 아니라, 그것이 인

간 존재에게 미치는 영향에 주목한다는 점에서 비어있는 듯
꽉 찬 느낌을 준다.

　　점심 메뉴에 나온 생선. 이름도 모르고 먹다가 그만 가시가
목에 걸렸다 거울 앞에서 입을 크게 벌리고 쳐다보지만 녀석은
보이지 않는다 상추에 밥을 가득 차서 씹지도 않고 먹어도 보
고, 물을 마셔보기도 하고, 김치를 입 안 가득 넣어 꿀꺽 삼켜보
기도 하지만 도대체 꼼짝도 하지 않는다 침을 삼킬 적마다 고통
스러워 하루를 꼬박 새우고 병원에 갔다 입을 크게 벌리세요
더 크게 자꾸 올각질이 나왔다 핀셋이 들어갔다 드디어 가시가
나왔다. 보이지도 않는 가느다란 가시 하나 아, 살 것 같다
이젠 정말 아무 욕심도 없다 침만 고통 없이 잘 삼킬 수만 있어
도 더 이상 여한이 없다 아 목에 걸린 가시를 **빼냈다** 목에 가시
처럼 여기는 사람 누구라도 다 사랑할 것 같다

　　　　　　　　　　　　　　　　　　　　　—「어떤 가시」 전문

　박경순 시인의 존재적 지향은 열린 경계인 바다와 그 긴급
성, 또는 치열성과 이미 녹아 한 몸이 되었을지도 모른다.
그러나 시인의 시적 지향은 점심 메뉴로 나온 이름도 모르는
생선을 먹다가 보이지도 잡히지도 않는 가시가 목에 걸려
고통 받는 오늘에 있다. 이 글의 정확한 뜻은 작은 고통이든,
심리적 변화든 자기에 충실하려는 의지가 최종 심급에서는

'충일'로 변환하고, 그 흘러넘침이 소리 없이 주변인의 귀감이 될 것이라는 점을 드러내고 싶었다. "검은 나비 한 마리가/처음으로/내 오른팔에 날아와/앉았다//이제 녀석들은/떼로 날아와/앉을 것이다//내가 아직/꿀을 딸 수 있는/꽃인 줄 알고 있을까//사람들은/그것도 모르고/검버섯이라/안타까운 얼굴을 해댄다"(「검버섯」) 그렇다. 시인의 자기 인식이란 아무리 양보해도 타인에 의해 형성되지 않는다. 박경순 시인의 '충일'을 스스로 흘러넘치며 또 그만큼 바다와 같은 여백과 경계를 만들어 갈 것이다.